Dora salva el Reino de Cristal

adaptado por Molly Reisner
basado en el guión original de Chris Gifford
ilustrado por Dave Aikins

SIMON & SCHUSTER LIBROS PARA NIÑOS/NICKELODEON
Nueva York Londres Toronto Sydney

Basado en la serie de televisión *Dora la exploradora*™ que se presenta en Nick Jr.®

SIMON & SCHUSTER LIBROS PARA NIÑOS
Publicado bajo el sello editorial de la División Infantil de Simon & Schuster
1230 Avenue of the Americas, New York, New York 10020
Primera edición en lengua española, 2009
© 2009 por Viacom International Inc. Traducción © 2009 por Viacom International Inc.
Todos los derechos reservados. NICK JR., *Dora la exploradora* y todos los títulos relacionados,
logotipos y personajes son marcas de Viacom International Inc.
Todos los derechos reservados, incluido el derecho a la reproducción total o parcial
en cualquier formato.
SIMON & SCHUSTER LIBROS PARA NIÑOS y el colofón son marcas registradas de Simon & Schuster, Inc.
Publicado originalmente en inglés en 2009 con el título *Dora Saves Crystal Kingdom* por Simon Spotlight,
bajo el sello editorial de la División Infantil de Simon & Schuster.
Traducción de Daynali Flores Rodriguez
Para obtener información respecto a descuentos especiales en ventas al por mayor, diríjase a
Simon & Schuster Special Sales al 1-866-506-1949 o a la siguiente dirección electrónica:
business@simonandschuster.com.
Fabricado en los Estados Unidos de América
2 4 6 8 10 9 7 5 3 1
ISBN 978-1-4169-9020-8

Hi, I'm Dora! Hoy voy a leerle un cuento especial a mi amigo Boots llamado "El Reino de Cristal." ¿Quieres escucharlo también? ¡Fantástico!

Había una vez cuatro cristales que ayudaban a iluminar el Reino de Cristal. El cristal amarillo hacia que el sol brillara amarillo. El cristal azul hacia que el cielo y el mar se vieran azules.

El cristal verde hacia que la hierba y los arboles se vieran verdes. Y el cristal rojo se unía con los otros colores para formar un hermoso arcoíris. Las personas del pueblo amaban su mundo de colores.

Pero al rey no le gustaba compartir los cristales. "¡Son míos, míos, míos!" exclamaba el rey avaro. Y usando su cetro mágico tomó todos los cristales para el. ¡Sin los cristales, el reino perdió todo su maravilloso colorido! Pero el rey no quería devolver los cristales. ¡En su lugar escondió los cristales en otros cuentos donde nadie pudiese encontrarlos!

Una niña muy valiente llamada Allie quería rescatar los cristales. Ella buscó en todas partes, pero no los podía hallar. ¡Mira! ¡Mi collar de cristal esta iluminándose! ¡Esta resplandeciendo un arcoíris en el reino donde vive Allie!

¡Allie esta volando fuera de su cuento y se dirige a nuestro bosque! Ella necesita de nuestra ayuda. La Princesa de la Nieve dice que mi cristal mágico sólo brillará si todavía hay colores en el pueblo de Allie. ¡Tenemos que ayudar a Allie a encontrar los cristales para que su reino siga brillando! ¿Nos quieres ayudar? *Great!*

¡Vamos preguntarle a Map como podemos encontrar los cristales!

¡Map dice que el cristal amarillo esta en el cuento del País del Dragón, el cristal verde esta en el cuento de La Cueva de la Mariposa, el cristal azul esta en el cuento del Castillo Mágico y el cristal rojo esta en el cuento del Reino de Cristal! ¡Tenemos que brincar a mi libro de cuentos para encontrar todos los cristales! Di conmigo "*the first story*" para llegar al primer cuento.

Well done! Aquí hay muchos dragones. Debemos estar en el cuento del País del Dragón. La Princesa de la Nieve tiene otro mensaje para nosotros. Ella dice que para encontrar el cristal amarillo debemos salvar a una valiente niña llamada Kate.

Let's go! ¡Vámonos!

¡Allí hay una valiente niña luchando contra un dragón!
¡Pero es un dragón amistoso! Necesitamos enlazar la espada
de Kate. Backpack tiene un lazo que podemos usar para
enlazar la espada. ¡Di conmigo "lazo" para enlazar la espada!
¡Buen trabajo!

Kate y el dragón están felices ahora que dejaron de pelear.
¡Y el dragón sabe donde esta escondido el cristal amarillo! El
dragón vio al rey esconderlo dentro de un acantilado. ¡Uupii!
¡Vamos a volar con el dragón hasta el cristal amarillo!

¡Woooaaa! El dragón está usando su aliento de fuego para abrir el acantilado! *Oh, no!* ¡El rey quiere robar el cristal pero Kate nos protege de su hechizo con su escudo! ¡Muy bien! Todos trabajamos juntos para conseguir el cristal amarillo. ¡Y Kate nos esta dando su escudo para ayudarnos en nuestro viaje! ¡Gracias Kate!

Ahora necesitamos encontrar el cristal verde en el cuento de la Cueva de la Mariposa. Di conmigo "*the second story*" para llegar al segundo cuento.

¡Estamos en el cuento de la Cueva de la Mariposa! *Oh, no!* Mi cristal está perdiendo su color. Eso significa que el color está desapareciendo del reino. ¡Debemos obtener el cristal verde deprisa! ¿Puedes ver la Cueva de la Mariposa? *Let's go!*

¡Una oruga está atrapada en la cueva! La Princesa de la Nieve dice que podemos salvarla si el sol ilumina la cueva. ¿Tendremos algo brillante con nosotros? *Yes!* ¡El escudo! ¡La luz del sol está ayudando a la oruga a convertirse en una mariposa! *A butterfly!* ¡Ahora ella puede ayudarnos a encontrar el cristal!

El cristal verde esta dentro del duodécimo capullo. ¿Nos ayudas a contar hasta doce para encontrarlo? ¡Muy bien! Encontramos el cristal verde. Las mariposas están saliendo de sus capullos. ¡Y nos están dando un par de alas mágicas de mariposa para ayudarnos en nuestro viaje! *Thanks!*

Ahora debemos encontrar el cristal azul en el cuento del Castillo Mágico. ¡Di conmigo "*the third story*" para llegar al tercer cuento! *Great!*

Llegamos al cuento del Castillo Mágico. Hay alguien aquí que nos puede ayudar—su nombre es Enrique y es un mago.

El rey se robo los conejos de su sombrero mágico y escondió el cristal adentro del sombrero. ¡El rey dejó a Enrique fuera del castillo! Debemos encontrar cinco de los conejitos de Enrique. ¿Los puedes ver? ¡Muy bien!

¡Usamos nuestras alas de mariposa para volar adentro del castillo! Para sacar el cristal fuera del sombrero mágico debemos decir "*Abracadabra*". Di: "*Abracadabra!*" ¡Muy bien! ¡Ahora Allie tiene el cristal amarillo, verde y azul! Enrique nos dio su varita mágica para ayudarnos en nuestra aventura. *Thanks, Enrique!*

Para llegar al cuarto cuento di con nosotros "*the fourth story*".

¡El reino de Allie todavía esta perdiendo su color—y mi collar también! La Princesa de la Nieve nos dice que debemos usar lo que hemos aprendido para obtener el cristal rojo del rey.

¡El rey avaro tiene el cristal en su corona! ¿Qué podemos usar para volar hacia el? ¡Muy cierto! ¡Nuestras alas de mariposa! ¡Woaaa! ¡Hay rocas volando hacia nosotros! ¿Qué podemos usar para evitarlas? ¡Muy bien pensado! ¡Nuestro escudo!

El rey no quiere compartir sus cristales. ¡Está tratando de quitárselos a Allie con su varita mágica! Para romper el hechizo del rey con nuestra varita mágica debemos decir "¡compartir!" Di: ¡compartir! ¡Funcionó! ¡Tenemos el cristal rojo!

¡El Reino de Cristal está recuperando su color! ¡Lo hicimos! El rey esta sorprendido porque todos compartimos los cristales. Todo el mundo esta contento y el quiere estar contento también. ¡El rey le regala a Allie su corona y la convierte en reina! *The queen!*

¡Pudimos regresar los cristales y el pueblo esta celebrando con una fiesta! El rey esta contento porque aprendió a compartir. ¡Gracias por ayudarnos a salvar el Reino de Cristal! No lo hubiéramos podido hacer sin la ayuda de nuestros valientes amigos . . . especialmente tu.